Ricardo Falcão

# ME FAÇO POETA
## ENTRE CONTOS E CRÔNICAS

Poesias, Contos e Crônicas de Ricardo Falcão
Para a sua Meditação Individual ou em Grupo

Copyright© 2019 Ricardo Falcão

**Título Original:** Me faço poeta entre contos e crônicas

**Editor-chefe:** Tomaz Adour

**Revisão:** Equipe Vermelho Marinho

**Fotografia:** Ricardo de Alvarenga Ferreira

**Projeto gráfico:** Marcelo Amado

**Consultoria de Escrita Central dos Escritores:** Rose Lira e Elisângela Alencar.

Dados Internacionais de Catalogação na Publicação (CIP)

Falcão, Ricardo
   Me faço poeta entre contos e crônicas / Ricardo Falcão
   Rio de Janeiro: Vermelho Marinho, 2019.
   122 p. 14 x 21cm
   ISBN: 978-85-8265-207-7
   1. Miscelâneas 2. Literatura Brasileira. 3. Título.

CDD B869.8

EDITORA VERMELHO MARINHO USINA DE LETRAS LTDA
Rio de Janeiro – Departamento Editorial:
Avenida Gilka Machado, 315 – bloco 2 – casa 6
Recreio dos Bandeirantes – Rio de Janeiro – RJ
CEP: 22795-570
www.editoravermelhomarinho.com.br

## DEDICO

Dedico este livro aos milhares de poetas anônimos.
A todos aqueles que poetizam escondidos em seus cantos,
às vezes de dia, às vezes de noite,
mas em especial aos poetas da madrugada
que preferem sonhar na poesia.

Aos poetas que desabafam no papel
a poesia de suas dores e amores
sem jamais se revelar.

Talvez pelo não julgamento,
só àquela folha em branco
este poeta abre suas entranhas.

Poetizam não pela glória ou fama,
mas pela simples necessidade de poetizar.

# AGRADECIMENTOS

À Central de Escritores e a Editora Vermelho Marinho que tornaram mais este sonho possível. Especialmente nas pessoas de Rose Lira e Tomaz Adour por entenderem tudo que este livro representa para mim, lhe dando vida.

Ao meu querido amigo Ricardo de Alvarenga Ferreira que, com sua sensibilidade e talento, escolheu e cedeu as fotos que ilustram a capa e fotos que subdividem as partes desta obra.

Ao Cacau que escolhi para fazer o prefácio, não por ser meu multitalentoso amigo, nem por ser um famoso cantor e compositor, nem por ser um genial artista plástico e muito menos por ser um poeta incrível, escolhi por ser tudo isso e ainda ser meu irmão.

# SUMÁRIO

**PREFÁCIO** 11

**APRESENTAÇÃO** 13

**PARTE I — QUERIA SER POETA ENTRE CONTOS**
Queria ser poeta 17
O ritual de Júlia — um breve conto de terror 18
Destino 20
De repente — um miniconto para todas as idades 21
Amar o sonho de alguém existir 25
Pensamento castigado 26
Diálogo com a vida — um miniconto cheio de conversas 27
Perda no caminho 30
Tempo 31
Sem compromisso 32
Um dia comum — um miniconto óbvio 33
Um sonho, uma vida 36
Entrega fugaz 37
E a vida o que é? — Um miniconto para sonhar 38
Saudade 40
Perdição 41
A princesa e o príncipe fujão — um miniconto quase de verdade 42
Solidão 44
Amargura 45
Ficou 46
Entre a morte e a vida — uma verdade em forma de conto 47
Por que amamos insanos? 49

## PARTE II — ME FAÇO POETA ENTRE CRÔNICAS

Me faço poeta  55
Percepção — crônica  56
Reflexo  58
Toda noite  59
Porque...  60
Quanto pesa a minha afetividade — crônica  61
Sempre sonhos serão  63
Os bebês e os homens — crônica  64
Me percebo  67
Estou  68
Nenhum mal é necessário — crônica  69
Onde estás?  71
Arrumar a cama — crônica  73
O que mais me fascina nas mulheres  75
Palavra que acredito  76
Quero  77
A vitória da ciência ou o nosso buraco negro de cada dia — crônica  78
Votos de amor  80
"O meu encanto, minha sedução" — crônica  82
Vaga vida vaga  83
Tempo  84
Sem adeus  85
Um dia no parque! — Crônica  86
Acostumei  88
Ser velho  90

## PARTE III — MEU LIVRO ENTRE POESIAS

Meu livro 95
Barcos e portos 96
Ainda não sei 98
Deixe-me falar de amor 99
Brincando com ela 101
Amor desarrumado 102
Meu verbo amar 103
Quer uma carona 104
Viver a grande paixão 105
Emocionalmente correto 106
A loucura da felicidade com medo 107
Caminhar 108
Tudo na vida 109
A serena idade 110
Amor de menino 111
Por quê? 112
Chama 113
Na solidão da noite 114
Nosso amor 115
Boa noite 116
Pense em mim 117
O que li em mim e no outro 119

# PREFÁCIO

Sendo pleno em sua caminhada, travessia, com muita coragem e transgressão Ricardo Falcão nos trás jovialidade, alegria e muita inspiração.

Este é o seu legado e começo o prefácio deste livro pontuando a grandeza de sua alma, um grande ser humano, irmão, amigo, mestre que tenho tanto orgulho de ser amigo e que inspira a todos por onde passa, em suas andanças pelo Brasil e pelo mundo, semeando, compartilhando e se alimentando de amor e conhecimento. Uma história de vida incrível é o que no livro "Me faço poeta" o autor nos apresenta e nos encanta. Somos capturados, abduzidos, o tempo se torna contemplação e a viagem começa de forma musical e poética.

"Me faço poeta" nos desafia, provoca, com toques de ironia e com olhar cirúrgico e ácido, nos cativando e se revenerando em cada verso suas memórias, uma criança artista criadora, brincando com tudo que vê.

Irmão, agradeço a sua existência, o mundo se torna melhor, temos esperança...

Siga sua busca na vida, da vida, para a vida.

Estamos juntos e conectados no amanhã e no eterno.

Músico, artista visual e poeta, CA CAU artista.

# APRESENTAÇÃO

Ricardo Falcão, carioca, amante da vida e das artes em geral, esbanja bom humor e se mostra sempre de bem com a vida. E falando em bem, lembro uma de suas provocações ao perguntar: "É possível ganhar bem, fazendo o bem, bem feito?". A meu ver, a vida dele responde bem a sua própria provocação... SIM!

Um profissional como poucos, comprometido com as questões sociais, e que nunca esquece no exercício do seu profissionalismo o ser gente. Gente, uma de suas paixões.

Ele não se considera poeta, cronista ou contista, mas a sua vida poetiza por onde passa. Seus contos são sua vida vivida. E suas crônicas vêm revestidas de sua carioquice, sem esquecer que o Rio de Janeiro é considerado o berço da crônica, como ela é conhecida atualmente.

É por "descuido" que em oportunidades intimistas as suas palavras caem no papel como vida derramada. As letras deitam-se e cobrem-se de verdade, de intensidade apaixonada, de humor ácido e provocativo, de contações divertidas. E nessa "brincadeira de escrever" a coisa fica séria...

Posso arriscar dizer que seu estilo literário esbarra na sensibilidade da vivência, com pitadas provocativas que geram reflexões e instigam pensamentos. O amor, a provocação, a objetividade, a realidade cheia de sensibilidade é o que encontramos em seus escritos.

Um escritor "amador"? Ou um escritor que AMA A VIDA e transforma as sensações e situações em poesia, contos e crônicas? Quem sabe???

Ricardo Falcão, um poeta de nosso tempo, que chega a tempo de poetizar, de cronicar e contar...

Rose Lira, presidente da Central dos Escritores.

# PARTE I
## QUERIA SER POETA ENTRE CONTOS

Se cobrar é inevitável que se cobre apenas o que se dá

# QUERIA SER POETA

Eu queria te escrever um poema novo e terno,
Onde te faria juras de meu amor eterno.

Eu queria te escrever um poema de amor vivido,
Onde te diria que sem ti, me sinto perdido.

Eu queria te escrever um poema para te fazer sonhar,
Onde colocaria que minha felicidade é a ti me entregar.

Eu queria te escrever um poema cheio de encantamento,
Onde mostraria que tu estás sempre em meu pensamento.

Eu queria ser poeta para este poema poder escrever e te dar,
Como não sou, só consigo dizer que para sempre vou te amar.

# O RITUAL DE JÚLIA

Um breve conto de terror

A noite já ia alta quando finalmente Júlia ficou pronta para o ritual, pois foi muito difícil se preparar, uma vez que uma enorme tempestade tinha se abatido sobre a cidade com raios e trovões que fizeram com que acontecesse um blackout em toda a cidade.

Enquanto se arrumava, Júlia lembrava que até alguns poucos anos vivia uma fase dark, onde se vestia com roupas pretas, botas, cabelos coloridos, batom e esmalte pretos e foi assim que conheceu Marcos, que com suas tatuagens e piercings a fascinaram de maneira arrebatadora.

Embora já tivesse passado sua fase dark, Júlia ainda era uma jovem muito impressionável, e como se não bastasse toda a expectativa, vinda do convite de Marcos para que ela participasse de um ritual com ele, era o dia das bruxas e aquela noite que parecia ter saído de um conto de Stephen King era muito assustadora.

Durante o caminho a tempestade já havia passado, mas ainda se podia ouvir ao longe raios e trovões. Nas ruas, crianças fantasiadas de bruxas, fantasmas e duendes em nada contribuíam para acalmar Júlia, que se afastava da cidade em direção à colina.

Quando finalmente chegou ao local, seu nervosismo aumentou; no meio da área, em completa escuridão, se erguia uma construção que parecia um castelo medieval com suas grandes portas de madeira escura. Pelas janelas do andar superior vinha uma claridade típica de velas acesas e, nesta hora, Júlia sentiu suas pernas tremerem tanto quanto a luz tremulante daquelas velas.

Passo a passo Júlia se aproximou da porta que lentamente se abriu fazendo o ranger típico de portas antigas. Dentro, um salão amplo de teto alto, em suas paredes pinturas que retratavam torturas e sofrimento. O salão estava cheio de pessoas e em meio delas um claro caminho previamente preparado, por onde ela devia seguir. Ela pensou em voltar e correr, mas quando viu Marcos no fim do caminho, se acalmou um pouco e continuou.

Ela não conhecia aquelas pessoas, homens e mulheres vestidos formalmente. Por um momento fixou seu olhar em duas senhoras muito idosas, usando vestidos ainda mais idosos, rostos pintados como uma máscara de Kabuki, que tinham para ela sorrisos aterrorizantemente macabros. Depois disso Júlia não conseguiu olhar para mais ninguém, só queria chegar até Marcos.

Quando suas pernas pareciam perder as forças, conseguiu chegar até Marcos, que a amparou. Ao ver se aproximar aquele que iria realizar o ritual, seu coração disparou de tal forma que ela entrou em um estado de auto hipnose, do qual só saiu quando já era tarde demais, pois tinha acabado de ouvir a frase: "E agora, eu vos declaro marido e mulher".

# DESTINO

Sigo um rumo desconhecido
Onde o caminho é incerto
Não existem verdades,
Mas meus passos são firmes.

Sigo em busca da minha felicidade
Aquela que acredito ter direito,
Aquela que me prometi sempre buscar,
Aquela que é minha razão de viver.

Sigo na esperança de que vou reencontrá-la
E juntos dividir nossas vidas e sonhos
E juntos planos faremos e desafios venceremos.
E desta vez juntos ficaremos.

Sigo meu destino levando
No peito uma saudade imensa.
No coração tristeza e esperança,
Pois hoje minha felicidade é você.

Sigo em minha constante busca pelo amor,
Pela felicidade
Pelo que chamo vida.
Te amo, felicidade.
Adeus.

# DE REPENTE

Um miniconto para todas as idades

Deviam ser umas 19h e Maria já estava no restaurante esperando para se encontrar com um homem que conheceu em um dos 10 sites de relacionamento de que participava. Maria era viúva fazia uns 18 anos, seu falecido marido a deixou em situação financeiramente estável, mas sem luxo nenhum. Desde que ficou viúva, Maria busca a juventude que perdeu por viver uma vida de casada dos 16 anos aos 58 anos.

Maria estava fisicamente muito bem para seus 76 anos, tinha um corpinho de 60 anos, era um sucesso entre as amigas, mas no site de relacionamento colocou que tinha 50 anos junto com uma foto da época. Isto não a preocupava, pois Maria era uma festa em forma de gente, muito falante e engraçada, tinha certeza que seu charme compensava tudo.

Chegou a pensar em usar um vestido muito curto, mas como ficou com medo de seus seios aparecerem, resolveu ir mais senhora. Dizer que ela estava discreta, não chegaria a tanto, pois não combinaria com Maria, mas perto do que ela costuma usar era quase uma roupa de luto.

As 20h Maria tinha certeza que levaria um bolo do seu par, tinha bebido uns drinks enquanto esperava, estava com fome e sem um tostão na bolsa. Ela estava surpresa, pois tinha feito seu mapa astral para o dia e estava escrito que haveria um grande encontro em sua vida. Já tinha começado a arquitetar um plano para sair sem pagar, o que entre nós era um dos seus passatempos favoritos, mas nunca o fizera neste restaurante, pois morava praticamente do outro lado da rua. De repente entra no restaurante um senhor que chama sua atenção.

Todos os garçons correram em sua direção já avisando que a mesa dele estava pronta lhe aguardando. Curiosa e usando todo o seu charme, convenceu sem muito esforço um dos garçons a lhe falar sobre o Dr. Paulo.

Paulo tinha 82 anos e era contador aposentado. Apesar de ser viúvo há apenas dois anos, nunca perdeu o hábito que cultiva há mais de 60 anos de toda sexta-feira ir jantar no mesmo restaurante e comer sempre o mesmo prato, arroz de nozes com cordeiro, acompanhado de um cálice de vinho tinto Macul — Antiguas Reservas. Os garçons nunca o viram sorrir, mas ele dava boas gorjetas.

Enquanto ele espera seu prato, que nem precisa pedir para chegar, Maria observou que Paulo limpou e arrumou umas 30 vezes os talheres, sempre os colocando no mesmo lugar, arrumando e alinhando o prato e os copos de vinho e água. Sim, Paulo era tão metódico que beirava o autismo. Frequentava sempre os mesmos lugares fazendo sempre as mesmas coisas, sendo a maioria delas em casa. Toda sua vida social se limitava a dois eventos: a visita de todos os domingos de sua filha com os netos, que quase o enlouqueciam gritando, correndo e tirando tudo do lugar, e seu jantar naquele restaurante todas as sextas.

Ao chegar o pedido de Paulo, o cheiro, a aparência e sobretudo a quantidade fizeram a fome de Maria triplicar; foi então que ela sentiu um impulso incontrolável de levar a alegria de viver a Paulo. Como timidez nunca fez parte da personalidade de Maria e pensando no seu horóscopo, se levantou e foi até a mesa de Paulo.

Chegando lá, fez um ar de virgem tímida e faminta e disse para Paulo: — Estava lhe observando ao longe e, mesmo muito envergonhada, vim até aqui, sem saber onde arrumei coragem, para lhe dizer que senti que existe uma química muito grande entre nós.

Paulo para imediatamente o que estava fazendo e olha aquela mulher que ousa interromper seu ritual do jantar e diz com seu habitual mau humor:

— Minha senhora, na nossa idade, química entre nós só se estivermos tomando os mesmos remédios.

Maria, nunca discreta, deu uma grande gargalhava e enquanto dizia como ele era engraçado e quanto adorava gente com bom humor, foi sentando à mesa e se servindo. Seu estranho senso de educação fez com que ela, após ter se servido, agradecesse o convite para jantar. Ao que Paulo respondeu:

P: — Mas eu não lhe convidei;

M: — Não com palavras, mas puder ver seus grandes olhos implorando pela minha presença;

P: — A senhora precisa urgente ir ao médico. Primeiro ao oftalmologista e depois ao psiquiatra, pois este que lhe deu alta recentemente positivamente não é bom.

Entre enormes garfadas, Maria dá outra gargalhada e diz que nunca riu tanto na sua vida. Perguntou se Paulo era humorista profissional.

Vendo que não iria se livrar de Maria, mesmo mal humorado, resolveu conversar com ela, e quando se deu conta, já tinha tomado quase uma garrafa de vinho e contado sua vida. Durante a narrativa, Maria, muito impressionada com a vida dele, ou melhor, com a falta de vida, fazia comentários do tipo: "Estamos na melhor idade", "A vida só desiste de nós quando desistimos dela", "É o amor que dá cores a vida", "A vida não foi feita para ser lembrada e sim para ser vivida", etc...

Então ele resolveu perguntar sobre Maria o que ela fazia na vida.

M: — Duvido você adivinhar.

P: — Você escreve livros de autoajuda.

Rindo muito, Maria respondeu que não e disse que cada dia procurava fazer algo diferente e que nunca planejava nada.

Paulo achava tudo isso uma loucura, como assim, fazer coisa diferente sem planejar?!?!?!?!?!? Aquilo para Paulo era impensável, como alguém pode viver assim? Mas ainda assim, foi para essa pessoa tão diferente que Paulo confessou que tinha muita raiva de Deus, pois tinha levado sua esposa, mais nova que ele, antes dele.

P: — Deus deve ser uma mulher jovem que odeia homens velhos e felizes.

Mais que depressa Maria o contestou:

M: — Paulo, Deus não é jovem nem velho, não é homem nem mulher, não é preto nem branco.

P: — Maria, como alguém já disse, este é o Michael Jackson... Deus tem que ser mais que isso.

Houve um breve silêncio e o garçom trouxe a conta. Paulo pagou e levou Maria até a porta de sua casa, onde se despediram respeitosamente, e seguiu para sua casa.

Ao chegar em casa, Paulo percebeu que estava diferente. Não sabia explicar como, mas se sentia mais leve e em seus lábios podia se ver uma ameaça ainda que sutil de um sorriso. De repente ele, quase que em pânico, se dá conta que voltou para casa por caminho diferente.

# AMAR O SONHO DE ALGUÉM EXISTIR

Amar o sonho de alguém existir,
Amar alguém que existe em sonho.

Sonhar o amor de alguém existir,
Sonhar existir no amor de alguém.

Existir no sonho de alguém que se ama,
Existir no amor de alguém que se sonha.

Alguém que existe em meu sonho de amor,
Alguém que me faz amar o sonho de existir.

Essa alguém, esse sonho, esse amor é você.
Você é quem me faz existir.

# PENSAMENTO CASTIGADO

Pensamento castigado.
Muito sofrido.
Na carne nua...

Só a alma que tá sufocando.
E não é a minha,
É a tua!

*Trair seu amor é se tornar vítima da própria traição.*

# DIÁLOGO COM A VIDA

Um miniconto cheio de conversas

Estava em uma cela pequena, escura, úmida e sem janela. Meu corpo nu muito dolorido apresentava marcas da tortura física a que era submetido, acho que de hora em hora, mas que eram nada quando comparadas a tortura psicológica. O caminhar do carcereiro pelo corredor passando a chave pela porta de metal enquanto você torcia para não ser a sua vez, os gritos constantes de alguém sendo torturado que no início não o deixam dormir, e o reconhecer da voz de alguém nos gritos e saber o que esse alguém está passando. Isso é tortura!

Não sabia mais há quanto tempo estava lá, há muito havia perdido a noção do tempo e a vontade de viver. Eles tiraram tudo de mim, aos 20 anos de idade não havia mais a paixão pelas causas impossíveis, não havia mais amor ou não havia mais o medo, apenas a vontade de não viver.

Abro os olhos e vejo no canto da cela uma bela jovem, e sem forças nem para me assustar pergunto:

— Quem é você?

— A vida, passei para me despedir.

— Obrigado, foi muito gentil em vir se despedir.

— Não podia deixar de vir, afinal foram 20 anos de muitos bons momentos.

— Verdade, mas nem só bons momentos.

— Mas teriam sido tão bons os momentos sem que tivéssemos passado pelos ruins?

— Tem razão, a vida sempre tem razão.

— Aliás, quero te agradecer por nunca ter me culpado por nada e reconhecer que eu só desaponto quem não vive a realidade.

— Sou grato por ter recebido essa energia vital, agora o que fazemos com ela é nossa responsabilidade.

— Mas você deu trabalho, foram muitas as vezes em que achei que iríamos nos separar. Cheguei a pensar em te pedir para ser menos rebelde e aventureiro.

— Devia ter pedido, quem sabe eu não estaria na situação em que estou.

— Mas aí você não seria quem é.

— Me questiono se valeu a pena ser quem sou.

— Não acredito que tenha esquecido de você, de tudo que viveu.

— Não sei mais o que lembro.

— Lembra da sua mania de querer compensar tudo como se a vida fosse um show de prêmios onde um apresentador diria: "Uma pena que você perdeu uma casa na praia e uma viagem de volta ao mundo, mas em compensação você levará um livro que te ensina como tricotar em 30 dias".

Sorri.

— Você tentando compensar o amor que tinha perdido da família com o amor de outras pessoas. Você aprendeu que não importava quanto amor conseguisse, o amor dos outros não compensava o da sua família, e que, se não conseguisse o amor da família, iria carregar esse trauma pelo resto da vida. O importante foi que você aprendeu, embora deva dizer que não muito rápido.

— Eu era um pouco teimoso.

— Um pouco?!?! Como você é humilde.

— Ok, ok, admito.

— Você aprendeu sozinho, e essa é uma das minhas favoritas, "que as pessoas não têm defeitos ou qualidades". Elas têm características que sabem ou não usar. Isto te ajudou a aceitar as pessoas como elas são e ver sempre nelas a possibilidade de melhorar. Aprendeu que o mundo não é preto e branco e que não existem verdades absolutas.

— Grande coisa.

— Você aprendeu a cair e levantar, aprendeu que perdoar não faz a ferida sumir, mas é importante para ela cicatrizar.

— E...

— Como "E..." Isso foi fundamental para você pensar como pensa, agir como age e conduzir você aonde chegou.

— Se me conduziu até aqui, então não foi bom. Devia ter aprendido mais rápido.

— Todos aprendem no seu tempo. Não se apegue ao começo ou onde se encontra, olhe o caminho percorrido.

— Você quer dizer não se apegue ao começo ou ao fim, afinal você está indo embora.

— É você quem está me mandando embora, foi você quem desistiu de mim.

Então, quando ela se vira e começa a se afastar, eu grito:

— Vida, uma última pergunta: Foi bom para você como foi para mim?

Ela calmamente se vira e apenas sorri.

# PERDA NO CAMINHO

No meio do caminho tinha uma perda,
tinha uma perda no meio do caminho.
Em todos os caminhos tem uma perda,
tem uma perda em todos os caminhos.
Por vezes trágica, por vezes louca,
Por vezes mágica, por vezes pouca.
Por vezes nos abre a mente,
por vezes nos cega a alma.
No meio da perda tinha um caminho,
tinha um caminho no meio da perda.
Em todas as perdas tem um caminho,
tem um caminho em todas as perdas.

# TEMPO

É tempo de correr
Atrás do tempo de ser
Atrás do tempo de ter

Tempo para correr
Atrás do tempo que é
Que sem tempo se foi.

*Triste não é morrer sem ter realizados seus sonhos, triste é morrer sem perceber quantos sonhos realizou.*

# SEM COMPROMISSO

Amar sem compromisso
É amar sem ser omisso
É amar pelo prazer
De amar sem ter
De amar por ser
Apenas amor.

*As pessoas amam como amam seus pássaros.*
*Adoram suas asas, mas não os deixam voar.*

# UM DIA COMUM

## Um miniconto óbvio

Era um dia cheio do espírito de Natal, muito comum nesta época do ano, comum para quase todo mundo, mas não para o Ricardo. Nesta manhã ele tinha uma reunião de negócios, pois fora convidado para se tornar o Coordenador Geral de uma grande fundação. Estava muito feliz, pois era um trabalho que ele sonhava em um ambiente com profissionais que admirava e ele iria comandar esta gigante organização.

Se preparou com muito esmero e cuidado com os detalhes, afinal tinha tantos TOCs que parecia um autista. Vestiu sua melhor roupa, afinal queria causar uma boa impressão. Como morava sozinho, ao se olhar no espelho, ele mesmo deu um sorriso de aprovação e se desejou sucesso antes de sair para sua reunião. Não era bem uma reunião, mas apenas uma formalização do seu início como coordenador geral.

Após o discurso de boas-vindas do diretor-presidente, foi-lhe entregue um presente e o desejo e a certeza de que a Fundação cresceria ainda mais com sua presença no cargo por muitos e muitos anos.

Neste momento surgiu uma grande dúvida, ele deveria ou não contar?

Como achou que não seria correto começar uma parceria de trabalho escondendo informações, comunicou:

— Gostaria de dizer que me sinto muito honrado com a posição que me oferecem, mas tenho que dizer que não sei quanto tempo vou ficar porque estou morrendo e a morte pode acontecer a qualquer momento.

Foi um choque para todos os presentes, que externaram as lástimas em murmúrios. Após um breve momento para se refazer do impacto, o diretor-presidente disse que neste caso precisava retirar o convite, uma vez que a fundação não poderia ter em um cargo tão importante alguém que estava morrendo. No ambiente se fez então um silêncio ensurdecedor, que tornava o ar quase sólido, tornando muito difícil a respiração, e foi neste momento que Ricardo, como que lutando para cortar o ar lentamente, se retirou da sala.

A tristeza de Ricardo por perder o cargo era enorme, não sabia o que fazer ou onde ir, até que viu um bar, onde entrou para tomar algo e deixar passar aquele momento. Não muito longe de onde ele sentou havia um grupo de pessoas comemorando alguma coisa, mas a última coisa que Ricardo queria era comemorar.

Talvez tenha sido o espírito de Natal, mas o grupo acabou percebendo a tristeza do Ricardo e se mudou para a mesa dele. Apesar da cara de surpresa desagradável do Ricardo, o grupo estava decidido a levantar o astral dele, e assim foi. Em poucos minutos Ricardo já estava rindo e contando piadas bem ao seu estilo e ficaram assim até umas 16h, quando precisaram ir embora, mas não sem antes celebrar a nova amizade e convidar o Ricardo para passar o Natal e o Ano Novo com eles.

Antes deles saírem, Ricardo, comovido, agradeceu o convite, explicou que não poderia confirmar se estaria com eles no Natal e no Ano Novo, pois estava morrendo e que a morte poderia acontecer a qualquer momento. Neste instante todos se olharam meio que devastados pela notícia e, com muito cuidado, falaram para o Ricardo que era melhor ele não ir, pois não queriam expor seus familiares a tanta tristeza em um dia tão especial, e saíram do bar.

Ricardo ali ficou por mais algum tempo pensando como um dia que havia começado tão promissor podia ter se transformado em um dia de desapontamentos.

A esta altura, arrasado com as perdas do trabalho e dos novos amigos, Ricardo foi ver o mar, que era onde ele sempre reabastecia suas energias. Lá ficou esperando o pôr do sol, quando uma mulher tocou seu ombro e disse:

— Ricardo, é você? – Surpreso, Ricardo se vira e, depois de alguns segundos, reconhece, apesar dos anos, sua antiga namorada de adolescência.

Ela se sentou ao seu lado e ali ficaram, colocaram a conversa em dia. E como havia conversa para pôr em dia! Ela era viúva já fazia três anos, tinha dois filhos sem netos e por aí foi. A surpresa fez Ricardo esquecer tudo que tinha acontecido durante o dia e ali ficaram até que o sol começou a se pôr e tudo junto fez acontecer um "Flashback", para quem não fala inglês, um "Saudade Não Tem Idade". Após o sol se pôr, foram jantar ali perto, caminhando de mãos dadas como se tivessem voltado no tempo, sentaram em um restaurante e continuaram a conversar. Parecia que nunca tinham se afastado, aquele encontro estava sendo revigorante para os dois. Após o jantar com um bom vinho, estavam indo para casa do Ricardo quando ele, após muito relutar, brigando com sua consciência, resolveu lhe contar que estava morrendo, mesmo sabendo que as chances dela fugir eram enormes; ele não podia deixar ela se envolver às cegas.

Ao ouvir a notícia, ela, chorando, disse ao Ricardo que não queria passar por outra perda. Ela ainda não estava pronta e não sabia se algum dia estaria. Então foram caminhando em completo silêncio até a casa dela. Eles se despediram com lágrimas no rosto, mas sem palavras.

Ricardo já havia se afastado um pouco quando ela perguntou:

— Ricardo, antes de ir, me diz o que você tem? Que doença está te consumindo?

Ricardo se vira ainda com lágrimas nos olhos e diz:

— Não é doença, o que eu tenho é vida.

# UM SONHO, UMA VIDA

Hoje perdi um sonho.
Perdi o sonho de alguém,
De alguém com quem fui feliz.
Tenho medo de dormir e não mais sonhar,
Mas não quero sonhar sem conseguir dormir.

Hoje perdi um sonho
Um sonho de felicidade
Um sonho de amar alguém
Tenho medo de amar e não ser feliz,
Mas não sei mais ser feliz sem amar.

Hoje perdi um sonho
Um sonho de vida
Um sonho de viver com alguém
Tenho medo de encontrar alguém e não mais viver,
Mas não quero alguém que não me deixe viver.

Hoje perdi um sonho,
Mas encontrei a vida.

# ENTREGA FUGAZ

Te entrego meu amor eterno
Me entregas teu amor fugaz
Te falo do meu carinho terno,
Me dizes: "Não quero mais".

# E A VIDA O QUE É?

Um miniconto para sonhar

Seu despertador tocou pontualmente às 6h30. Mário levantou, escovou seus dentes com creme dental TOTAL 10, que a maioria dos dentistas recomenda, e depois fez seu exercício matinal, fundamental para manter sua saúde e disposição, conforme ensinava a internet.

Exatamente às 07:00, Mário tomou seu banho, usando um sabonete POMBA, que limpa e hidrata sua pele e o shampoo ELESERVE, que mantém seus cabelos fortes, macios e com brilho, mesmo sendo quase careca.

Tomou seu café com a família e viu seu filho tomando um iogurte "que vale mais que um bifinho" e junto com sua mulher tomou um café expresso que, de acordo com os baristas, tem o verdadeiro sabor do café.

Vestiu seu desconfortável terno da MPOUPA, que veste o homem moderno, e foi trabalhar dirigindo seu carro considerado a melhor compra pela revista 5 RODAS, que embora não fizesse seu estilo, matava seu vizinho de inveja, mas não saiu sem antes dar um apaixonado beijo na testa da sua esposa.

Chegando ao seu trabalho, se encheu de orgulho e desânimo, pois trabalhava em um dos maiores bancos do país, "O banco feito para você", das 9:00 às 20:00 todos os dias. Às vezes conseguia parar e comer um BIG CHEESBURGUER, com carne em dobro e a deliciosa batata rústica com seu sabor único: crocante por fora, macia por dentro, que jogava seu colesterol nas alturas.

Quando chegava em casa após as 21h, seu filho já estava dormindo; ele então abria a porta vagarosamente para poder vê-lo, em um misto de alegria e tristeza. Depois tomava um banho, vestia uma roupa confortável e colocava no micro-ondas seu nada saboroso prato congelado PERUZÃO PRONTO, feito de sódio e algum sabor que basta aquecer e comer para sua pressão parecer placar de jogo de basquete.

Enquanto comia, trocava mensagens de trabalho pelo seu IPHONE com vidro resistente, câmeras mais avançadas e o poderoso chip A11 Bionic que havia deixado seus colegas de trabalho babando quando o viram usando, mas ainda tinha dúvida se teria valido a pena comprá-lo usando o dinheiro das férias com a família.

Agora, sentado na sala, ligava sua "54 Full HD Flat Smartblaster TV", que dá acesso a todas as novas possibilidades de entretenimento solitário na sua sala de estar e assistia ao jornal da noite ao lado de sua esposa, com quem vez por outra trocava algumas palavras, enquanto saboreava seu whisky considerado por entendidos um dos melhores.

Aproveitava também para pensar no dia seguinte de trabalho e na frase de seu chefe que o deixou um pouco confuso, mas que nunca esqueceu quando comentou sobre seu carrão e ele disse:

— Se você batalhar muito nessa vida, der o melhor de si todos os dias e se empenhar ao máximo, ano que vem troco esse por outro ainda melhor.

Então se dirigia ao quarto com sua esposa, colocavam seus ridículos pijamas da CASA dos SONHOS, "onde seu sonho é garantido", apagavam as luzes e fechavam os olhos torcendo por sonhar com uma vida, que mesmo que fizesse menos sentido para os outros, fizesse algum sentido para eles.

# SAUDADE

Saudade,
Silêncio que ensurdece,
Solidão na multidão,
Tristeza em plena felicidade.

Saudade,
Grito calado no ar,
Ar que me sufoca e dói,
Dor que no meu peito cala.

Saudade,
Carinho que não dou,
Amor que não entrego,
Vida que se perde.

# PERDIÇÃO

Nós existíamos um para o outro
Ao inventarmos ser inéditos
Nos perdemos um do outro.

*São as lágrimas que correm pelo rosto sentido*
*Que cicatrizam no peito aberto o coração ferido.*

# A PRINCESA E O PRÍNCIPE FUJÃO

Um miniconto quase de verdade

Era uma vez uma linda Princesa que já tinha encontrado seu Príncipe e já viviam a eterna felicidade. Tudo era só felicidade e risos em tudo que compartilhavam, momentos de um amor intenso e eterno, na certeza de que viveriam felizes para sempre.

Acontece que a Princesa não sabia que o "para sempre" não é para sempre. Quando nos é desagradável, o "para sempre" dura muito tempo e quando é bom, o "para sempre" não dura nada.

E assim foi que a Princesa recebeu um feitiço muito poderoso que podia tirar-lhe a vida. Ao saber disso, foi buscar apoio em seu Príncipe, mas ele, ao tomar conhecimento, sentiu que o "para sempre" estava se acabando; no entanto, resolveu ficar para ver se acontecia da vida voltar a ser como era antes.

Acontece que a poção para tirar o feitiço era muito ruim e o tratamento muito longo. Se os efeitos colaterais da poção que a modificaram fisicamente foram difíceis para a Princesa, para o Príncipe se tornaram impossíveis.

Depois de um breve tempo, o Príncipe, fraco para lidar com a terrível situação da Princesa enfeitiçada e frívolo para não aceitar a pequena mudança física da Princesa, foi embora, deixando a Princesa sozinha naquela situação.

Sem ter outra opção, a Princesa enfrentou sozinha o feitiço... e não foi fácil, pois agora, além do feitiço, ela carregava uma mágoa enorme por causa do Príncipe Fujão.

Ela enfrentou o feitiço de frente e venceu, no processo descobriu uma força que jamais sonhou ter e que a transformou em uma outra Princesa muito mais forte. No entanto, ela não conseguiu vencer a mágoa dentro dela. A mágoa, além de feri-la muito, não a deixava ver os momentos bons que tiveram, e mais que tudo, a mulher empoderada que a Princesa havia se tornado graças à fuga do Príncipe Fujão.

O tempo mostrou à Princesa que sua mágoa não era amor, mas posse. Ela não admitia perder algo que era "seu". Ela também aprendeu que ninguém é dono do amor de ninguém. Isto e o tempo fizeram com que sua mágoa desaparecesse.

E como a vida dá voltas, a Princesa, agora muito mais mulher, foi procurada pelo Príncipe Fujão muito arrependido, falando do "felizes para sempre" e querendo voltar.

A Princesa olhou para o Príncipe e viu que, embora continuasse Príncipe tal como ela continuava Princesa, ele era muito pouco homem para a mulher que havia se tornado e o mandou seguir sua vida em outra história.

---

Moral da História que circula na boca do povo:

Deixe o seu amor livre para partir quando quiser, se ele partir e voltar, está provado que você fez muito bem em deixá-lo partir. Afinal, se voltou, foi porque ninguém quis aquela porcaria.

# SOLIDÃO

Me invadiu uma solidão grande como o mar.
Não me sinto amado nem capaz de amar,
Não me sinto vivo nem capaz de viver,
Não me sinto morto nem capaz de morrer.

Quero chorar, mas não há lágrimas,
Quero sofrer, mas não há dor,
Quero gritar, mas não há voz.
Apenas este silêncio ensurdecedor,
Onde o nada é tudo que me acompanha.

# AMARGURA

Se é para amar
Que seja com quem me ama
Não desgasto o meu amor
Pra depois não ter dissabor...

# FICOU

De tudo o que parte sempre fica um pouco.
Mas assim como a parte está no todo,
O todo também está na parte
E por tão pouco que tenha ficado
Neste pouco ficou tudo.

# ENTRE A MORTE E A VIDA

Uma verdade em forma de conto

Após 84 anos, Eduardo se vê diante da morte; ao contrário do que imaginava, estava sereno como um monge. Olhou para a morte e disse:

Nunca imaginei que fosse verdade, mas diante da morte, toda sua trajetória passa pelos seus olhos como se fosse um filme. Lembrei de coisas que nem sabia que as tinha na memória.

Pude ver minha chegada e a alegria de meus pais e todo o tumulto que um filho pode trazer. Revivi a emoção de minha mãe quando pela primeira vez ela me ouviu dizer "mamãe".

O medo do primeiro dia de escola achando no primeiro momento que seria por ela abandonado. Depois vieram as outras escolas, os eternos amigos de infância e a emoção do primeiro gol e de se ver admirado.

Aos sete anos, a menina do parque, minha primeira paixão, que chegou junto com minha primeira rejeição. Um pouco mais tarde a primeira namorada, o primeiro beijo, o primeiro amor. Depois de umas namoradas, o primeiro sexo, o primeiro orgasmo e a certeza que eu era Spartacus.

Assim nasceu o adolescente rebelde, o hippie politizado que achou poder derrotar com seu protesto uma ditadura e toda a sociedade burguesa. Na minha derrota toda a dor, a ausência e a perda dos sonhos.

Como uma fênix surge das cinzas, um novo eu, minha formatura, meu trabalho e minhas experiências morando fora do Brasil. Conhecendo novas culturas, novos amores e novas formas de amar.

Minha família, meu filho, minha filha e a árdua tarefa de educar pelo exemplo e pelo diálogo. O distanciamento, a saudade e o medo de não ter sido um bom pai. Ver seus filhos crescerem, perseguirem seus sonhos e serem um sucesso. Se realizar no sucesso deles, vê-los constituir suas famílias.

A chegada de um neto, que foi muito especial. Foi a continuação de algo que começou há 10.000 anos com os ancestrais de seus ancestrais e como uma corrida de revezamento, eu tive minha participação.

Já idoso, continuei a trabalhar e meu medo de me tornar invisível não aconteceu. Tive sempre muito medo de que com a idade ninguém mais iria me procurar para pedir ajuda, conselhos ou mesmo para tomar um café; bom que não chegou a acontecer.

O mais incrível deste filme não são apenas as imagens 3D muito nítidas, mas ser capaz de sentir toda a emoção do momento.

Mas como tudo que é bom dura pouco... Aqui estou eu, entre perdas e danos, muito feliz e realizado. Nunca acreditei em reencarnação, sempre achei que não se deve cometer duas vezes o mesmo erro.

A morte, depois de pacientemente ouvir Eduardo discursar sobre sua trajetória que já estava morto de saber, disse:

— Tem sempre que fazer uma gracinha.

Rindo, Eduardo pergunta:

— E de agora em diante, como vai ser?

A morte, com um olhar de estranhamento, responde:

— Sei lá, só vim aqui me despedir e dizer que foi um prazer tê-lo aqui durante todo este tempo.

A morte se vira e começa a se afastar, quando Eduardo, totalmente atônito, pergunta:

— Vem cá, eu não morri? Tudo isso que experienciei não foi minha vida?

A morte se vira com um sorriso entre os lábios e diz:

— Quem disse?

## POR QUE AMAMOS INSANOS?

Porque somos humanos.
E Deus me livre do amor racional,
Que pensa, analisa, pondera e ama mal.
Deus me livre do amor racional.

Por que amamos insanos?
Porque somos humanos.
Porque nos apaixonamos,
E então nos entregamos,
Sorrimos, choramos, sonhamos
E em tudo isto felizes amamos.

Por que amamos insanos?
Porque somos humanos.
Amamos com a certeza de que nunca irá terminar,
Mesmo quando sabemos que nem irá começar.
Onde um olhar, falar ou beijar de maneira errada
É capaz de criar uma briga jamais imaginada.

Por que amamos insanos?
Porque somos humanos.
Porque, feitas são, nossas insanas relações
de pequenas brigas e grandes reconciliações.
E para viver precisamos da paixão e do tesão,
Da sensação de perda e do aperto no coração.

Por que amamos insano?
Porque somos humanos.
E o amor é são, porque é insano.
Deus me permita ser emocional
E nos livre para sempre do amor racional.

# PARTE II
## ME FAÇO POETA ENTRE CRÔNICAS

Não se poupe da vida.
Ninguém sofre mais do que foi feliz.

## ME FAÇO POETA

Transformo em palavras
as emoções não vividas
e as lembranças contidas.

Transformo em palavras
os sonhos desejados
e os momentos sonhados.

Transformo em palavras
as dores muito sofridas
e as angústias mal resolvidas.

Transformo em palavras
o carinho não dado
e o amor guardado.

Transformo em palavras
Todas as horas perdidas
e as vidas não vividas.

Tudo para, nas mãos do poeta, viver
o que o tempo queria deixar morrer.

# PERCEPÇÃO

Crônica

## "PARA MUDAR O MUNDO, ANTES VOCÊ PRECISA MUDAR SUA CABEÇA"

Mas que papo mais furado, nossas cabeças estão em constante mutação, verdade que umas mais e outras nem tanto, mas o mundo continua igual.

Eu não tenho a cabeça que tinha com 10 anos, que é diferente da cabeça que tinha aos 25, 45 e 65. Percebo que a cabeça é redonda para facilitar a mudança. O que, aliás, explica o mundo de hoje é que, por ser a cabeça redonda, sempre acabamos onde começamos.

O que eu não percebia quando muito jovem é que, para mudar o mundo, as mudanças em minha cabeça não podiam ser superficiais, precisavam ser profundas, precisavam se entranhar em meu ser de tal forma que seriam sua própria essência e nem me veriam mais como mudado, apenas como estranho.

Adolescente, as mudanças porque lutava eram parte de mim, por isso a minha luta sem limites. Gosto de pensar que de uma certa forma contribuí um mínimo para mudar o contexto político no Brasil, embora tenha muitas dúvidas a respeito.

Adulto, meu trabalho me levou mundo afora e vi que a essência do homem não mudou e por isso o mundo não mudou. Ficou claro que se eu quero mudar o mundo, preciso mudar os homens, e se quero mudar os homens, preciso começar por mim.

Acontece que eu sou tão teimoso quantos os homens que quero mudar. É superficial mudar o gesto com as mãos longe do peito. Chico tem razão quando diz: "Se trago as mãos distantes do meu peito. É que há distância entre intenção e gesto". Não basta mudar o gesto se o sentimento não muda.

Como mudar a cabeça dos homens para mudar o mundo se já me é tão difícil mudar a minha? Me disseram que, ao mudar minha cabeça, estou fazendo a minha parte, será? Como aceitar, com minha parte, algo que sei não fará diferença? Rejeito fazer parte de um sentimento egoísta de satisfação fazendo algo que é estéril, que sei não produzirá resultados. Não participo disso, é preciso fazer mais.

Hoje, já velho, penso diferente sobre a mudança do mundo, me lembro da minha professora que dizia que as reações químicas mudam quando alteramos a densidade de um elemento, pois alteramos o elemento e suas reações com os outros. Lembrei que minhas constantes brigas com certos elementos cessaram quando me tornei um novo elemento e assim gerei novas reações.

Hoje vejo que, ao mudar minha cabeça, não mudo o mundo, mas a maneira como eu percebo o mundo e que talvez seja essa percepção o início da mudança.

# REFLEXO

Os espelhos não são capazes de refletir o real.
Sim, eles refletem o gesto,
mas nunca a intenção.

Eles refletem a lágrima,
mas nunca o sofrimento.
Eles refletem o sorriso,
mas nunca a alegria.

Verdade,
ele reflete com exatidão todo o meu corpo,
mas não reflete nenhum pedaço da minh'alma.
E ao optar por refletir apenas o superficial,
ele deixa de refletir exatamente o que torna tudo real.

# TODA NOITE

Meus olhos tristes procuram teu rosto
na certeza que estás ao meu lado,
Pois sinto na minha boca teu gosto
e teu cheiro no lençol amassado.

# PORQUE...

Meu amor por você não precisa ser falado.
Ele vive em todas as coisas,
Está em cada palavra que falo,
Em cada ar que exalo,
Na paixão que calo.

*Quer me conhecer num estalo?*
*Não escute o que falo,*
*Apenas ouça o que calo.*

# QUANTO PESA MINHA AFETIVIDADE?

## Crônica

Pode variar, depende onde ela está. Se ela estiver na minha barriga, pesa muito, mas ela não está.

Está em meu coração, onde é mais leve que o ar e flui naturalmente para o aconchego dos meus braços e para o carinho das minhas mãos.

No entanto, quando isso não acontece e ela fica represada dentro de mim, seu peso vai lentamente aumentando e é capaz de me fazer sentir como se estivesse em Júpiter, meu peso triplica, fica difícil levantar e mais ainda respirar.

Quando paro para lembrar, fico com a sensação que produzi mais afetividade do que fui capaz de repassar, principalmente a afetividade direcionada. Por mais que liberasse a afetividade genérica, esta nunca foi capaz de aliviar o peso da afetividade direcionada não liberada.

Me lembro quando encontrei Fernando Pessoa pela primeira vez e foi libertador ler toda minha angústia, minhas dores e desamores em seus poemas. Ao lê-lo, aliviei o peso da minha afetividade e então descobri a escrita que me aliviava ainda mais.

Foram muitas as horas, dias, meses e anos em que só o papel recebeu meu afeto, que hoje, apesar da facilidade em dar, talvez por falta de hábito, não sei receber.

Minha afetividade vive à flor da pele, mas como pedir a alguém para receber meu afeto se não me permito receber o afeto dela? Se não me permito ser amado?

Ah, minhas páginas escritas, minhas páginas que recebem um turbilhão de afeto meu, sem nada de mim exigir.

Recebe calada sem julgar e muito menos condenar tantas palavras e tantos afetos não dados às outras que não a ela.

Ah, minhas páginas escritas, não fosse minha escrita em tuas páginas outrora brancas não sei o que seria de mim e se hoje tenho estado distante, foi porque minha afetividade tem estado mais leve. Encontrei alguém que, como você, me permite colocar meu afeto em suas páginas em branco, mas em suas páginas já escritas está me ensinando a me deixar ser amado.

# SEMPRE SONHOS SERÃO

Final de tarde, caminho só e lentamente pela praia,
O céu com tons avermelhados em um imenso azul,
Passa uma beleza incomum e morna que se esfria na noite.
O mar com suas ondas verdes e espumas brancas me envolve.

Queria segurar sua mão e mostrar tudo que eu via,
Queria te abraçar e te fazer sentir tudo que eu sentia,
Queria te beijar e te envolver como o mar me envolvia.
Mas você não estava e não podia ver, sentir ou se envolver.

Queria com você sonhar nossos sonhos,
Queria com você fazer nossos planos,
Queria com você viver nossa vida.
Mas você não estava e não podíamos sonhar, planejar ou viver.

Talvez eu queira mais do que você pode me dar,
Talvez eu queira apenas tudo que hoje posso lhe dar.
Tem momentos em que a solidão me toma e consome,
E o meu sentimento arrebata, maltrata, cala e mata.

Mas lembrar da tua voz e de você me renasce,
E me faz esquecer que vivemos de breves momentos.
Me faz querer de novo viver, planejar e sonhar,
Mesmo sabendo que meus sonhos sempre sonhos serão.

# OS BEBÊS E OS HOMENS

Crônica

Juro que a única explicação que encontro para alguém querer ter filho é o fato de não ter a menor noção do que é uma criança humana. Sim, humana, pois na maioria das outras espécies o bebê nasce e vai à luta e as espécies em que isso não acontece de imediato com certeza não duram 30 ou 40 anos para o bebê ficar independente.

A criança fica nove meses na barriga da mamãe sugando tudo que é nutriente, como uma enorme parasita, mas as mulheres acham lindo — principalmente outras que não a mãe — que tem enjoo, cólica, não entra nas roupas, anda feito uma pata, tem que dormir de lado e ainda tem que aguentar de um "cara", que tem pensão completa, com banheiro dentro dela, um monte de pontapé. Acho que as outras mulheres falam que é lindo para a mãe não pensar e arrancar o bebê antes da hora.

Então vem o nascimento e, hoje em dia, as mulheres querem que os pais assistam o parto, acho que é para ele ver aquela cena de filme de horror e não querer ter outro filho, se o bebê que nascer for mulher. A cena da criança saindo de cabeça de dentro da mulher só não aparece em "Alien, O Oitavo Passageiro" porque consideraram terror demais; se não fosse isso, usavam aquela foto da mãe com a criança minutos depois de nascida como cartaz do filme. Basta olhar para a mãe assim que termina o parto para ver nela aquele olhar de quem acabou de ser exorcizada e na criança aquele riso cínico de "Bebê de Rosemary". É aterrorizante para o homem ver aquela coisa viva saindo de dentro da mãe, após isso, qualquer relação sexual traz o medo de ter um alienígena lá dentro.

Esquecendo o terror e voltando a prática, está na cara que algo que começa com choro e berros não está certo e não pode dar certo, a não ser que aconteça um milagre. Taí, deve ser entre a infância e a fase adulta que acontece este tal de milagre da vida de que tanto falam.

Agora o bebê está em casa e todos vêm visitar com presentes como se ali estivesse o novo messias, mas os pais sabem que a verdade é bem outra. Depois de duas semanas sem dormir e vendo que ele só chora, come, dorme, fede e dá despesa, eles têm a certeza de que ali está um enviado do "demo".

Mas este misto de Alien e Lúcifer tem um poder ilimitado de afetar o sexo feminino. De repente, aquela mulher com quem você discutia política mundial e os efeitos do aquecimento global olha para o bebê que está usando um pijama com desenhos de gatinhos e diz: "Nenê, olha o miau, cê tá cheio de miau aqui, aqui, aqui..." enquanto vai cutucando a criança que já está a ponto de cair no choro, também pudera.

Uma das coisas mais assustadoras para o homem é ver uma mulher crescida, educada e inteligente usando o diminutivo para tudo e chamando cachorro de au-au, gato de miau e, o pior, chamando galinha de cocó. No início eu achava que era só a mãe devido à perda de nutrientes vitais para o funcionamento do cérebro durante a gestação, mas com as visitas, percebi que são todas as mulheres. Acho que dano cerebral devido à falta de nutrientes é irreversível.

No primeiro mês, o pai até curte a novidade, mas depois ele começa a ficar irritado com a concorrência. Antes era tudo para ele, agora tudo é para aquela "parasita" que nada dá em troca. Como hoje em dia não basta ser pai, tem que participar, mesmo tendo apenas uma leve simpatia pela "parasita", ele começa no início a dar banho, trocar fralda e fazer dormir.

Estas novas tarefas para as quais nunca foram preparados exigem muito dos pais. Em pouco tempo você aprende que quando "aquilo" chora é porque está sujo, com fome ou com dor de barriga, mas no início cada choro resulta em uma investigação minuciosa digna de Sherlock Homes. Quando acontece de o pai fazê-lo parar de chorar com uma mamadeira e a mãe pergunta: "Amorzinho, qual era o problema?" Ele responde triunfante: "Alimentar, meu caro Watson, Alimentar".

Outras vezes os problemas não são tão simples. Certa vez ele chorava muito sem parar e a mãe pediu:

— Mozinho, vê se tem "pupu" na fralda do neném.

O pai, agora reduzido a Mozinho, abre a fralda e diz:

— Não tem pupu não, mas eu acho que sei porque ele está chorando.

— O que você acha que é, Mozinho?

— A fralda dele não tem pupu, mas está cheia de merda, muita merda mesmo.

A mãe diz algo com os dentes serrados e o pai, sem entender, continua:

— Se a gente transformar isso em energia, iluminamos São Paulo, e se o fedor for o potencial de energia a ser gerado, iluminamos o Rio também.

Mas a vida segue entre noites acordadas, choros e risos.

Um dia o pai chega em casa, abre a porta e a "parasita" corre para ele e diz:

— "Papai".

Neste momento o mundo para, soam todos os sinos e trombetas, todos os pássaros cantam e o sol brilha, mesmo que já seja de noite e o pai finalmente descobre o que a mãe sempre soube.

# ME PERCEBO

Cada vez que seu me percebo,
Sinto que muito me traí,
Ao ter amado outras que não a ti.

Cada vez que seu me percebo,
Sinto que muito pouco vivi,
Ao ter vivido tanto tempo sem ti.

Cada vez que seu me percebo,
Sinto que descobri o que é viver,
Ao te amar e ser feliz.

Cada vez que seu me percebo,
Sinto que muito antes de ser seu,
eu já era.

# ESTOU

Estou nas cordas do violão
Estou no céu e no chão
Estou na mente e no coração
Nas lágrimas de uma paixão
No carinho e em cada emoção
No seu pensamento em solidão.

*Na vida o único engano é o não viver.*

# NENHUM MAL É NECESSÁRIO

Crônica

Na minha vida busco sempre o equilíbrio e a coerência; embora a coerência seja para mim o mais difícil, o equilíbrio não é tão simples, na prática. Procuro sempre investir no pessoal (razão, emoção e conhecimento), no profissional e no financeiro. Um contribui para o outro, mas entre eles não existe uma relação de dependência. Acontece que descobri que não sou feliz se todos os meus eus não estiverem bem.

O Brasil ainda vive seu tempo de colônia. Nós ainda vivemos um mundo onde trabalho é coisa de escravo, tanto que a maioria das pessoas responde que se ganhasse na loteria, a primeira coisa que faria é parar de trabalhar. Não entendo o viver sem produzir alguma coisa, não entendo levar uma vida improdutiva, não entendo vir ao mundo e não tentar fazê-lo melhor.

Como também não entendo o conceito de mal necessário, nenhum mal é necessário e só o bem devia ser necessário.

Entendo, no entanto, o conceito Brasil Colônia em que o ideal é conseguir tudo sem esforço. Queremos ser o melhor jogador ou a melhor bailarina, mas não queremos treinar, não queremos ter nossos pés machucados pelo esforço. Achamos que isso é um mal porque não vemos o bem no caminho, mas apenas na chegada. O objetivo do alpinista é chegar ao topo da montanha vencendo cada etapa, pois não existe prazer em subir em um helicóptero para chegar ao topo. O alpinista sabe que o prazer está na subida e que a realização é boa, mas a sensação dura pouco, pois é o fim da jornada.

Já trabalhei no que não gostava por causa do dinheiro e de outras vantagens, mas foi uma época em que vivia triste. Não importava o quanto ganhava, sempre queria mais e sempre estava frustrado vivendo o mal necessário. Um dia não aguentei mais e joguei tudo para o alto.

Fui trabalhar no que eu gostava, exigiu muito, mas cada hora extra era prazerosa. Hoje colho o fruto da dedicação, e as horas extras com as experiências vividas não foram um mal, mas um bem enorme.

Vemos o trabalho como meio e não como um objetivo, não como a necessidade de ter uma vida produtiva, mas como um meio de ganhar dinheiro para sobreviver e acabamos por fazer de nossa vida uma eterna sobrevivência, mas tudo vai bem por causa dos momentos de felicidade plena no carnaval na avenida e na vitória do nosso time do coração. O Gonzaguinha sabe que você merece "...cerveja, samba, e amanhã, seu Zé, se acabarem com o teu Carnaval? Você merece..."

# ONDE ESTÁS?

Onde estás, meu amor?
Preciso te reencontrar.
Não há mais ternura,
Nas mãos que carinhos me davam.
Não há mais paixão,
Nos lábios que meus lábios beijavam.
Não há mais amor,
Nos olhos que meus olhos buscavam.

Onde estás, meu amor?
Preciso te buscar.
O amor ainda tem teu rosto,
A paixão ainda tem teu gosto,
E o carinho ainda tem teu jeito.
Hoje, triste ilusão que rejeito.

Onde estás, meu amor?
Preciso te amar.
Como será agora, nas formas, o teu rosto?
Como será no beijo de teus lábios, o gosto?
Será teu corpo capaz de paixão tremer?
Será teu coração capaz de saudades sofrer?

Onde estás, meu amor?
Preciso te fazer feliz.
Certeza que muito em comum teremos,
E os nossos sonhos juntos viveremos.
Durante o dia loucamente nos amaremos,
E exaustos de cansaço, abraçados dormiremos.

# ARRUMAR A CAMA

Crônica

Cresci em uma família de classe média com as mordomias das empregadas domésticas fazendo todo o trabalho de casa, mas fui morar sozinho e ter alguém em casa todo dia passou a ser considerado uma invasão de privacidade.

O que fazer com as tarefas domésticas?

Como passar roupa e fazer faxina exigiam uma qualificação que eu não tinha, mantive uma diarista uma vez por semana, assim que descobri que lavar a roupa é só botar a roupa na máquina com sabão e ligar o botão. Comendo a maior parte do tempo na rua, a louça para lavar era mínima, o que com o tempo já fazia com maestria e técnica criada por mim para não sujar a bucha. Coisa de quem tem toc.

Mas minha maior descoberta foi o arrumar a cama, algo que eu fazia todos os dias ao descobrir um prazer especial, ao ponto de fazê-lo mesmo nos dias da diarista. Fazer a cama se tornou um ritual que sigo até hoje.

Assim que termino meu lento e muito penoso processo de acordar, me levanto, escovo os dentes e lavo o rosto, momento em que meu cérebro inicia suas sinapses. Já no estágio semirracional começo a arrumar a cama.

Retiro os travesseiros, a coberta, o lençol superior e começo a sacudir o lençol inferior; ao fazê-lo, retiro toda a poeira que deixei na cama durante a noite trazida do dia anterior. Assim me livro de tudo que não devo carregar e começo a me preparar para o dia que começa.

Pego o lençol superior, sacudo e o recoloco de forma simétrica como exige o meu toc. Aliso com a mão como se acarinhasse minha alma para que ele fique bem esticado e pronto para receber o que está por vir. Coloco os travesseiros, não sem antes afofá-los para aconchegar minha cabeça, que poderá estar cheia de coisas pesadas ao final do dia.

Então coloco a coberta, caso o ar condicionado me deixe com frio; enquanto isso, penso em tudo que farei durante o dia já me preparando para o que pode acontecer.

Chego à fase final, onde vou cobrir toda a cama e os travesseiros, para a cama ficar com uma bela aparência; neste ponto penso na roupa que vou vestir e na importância da roupa para nos proteger da poeira do dia a dia e nos dar, não em todos os casos, uma bela aparência neste mundo visual.

Lembro então, de como é chegar em casa cansado de um dia de trabalho e encontrar aquela cama bem arrumada. Não consigo nem sentar com a roupa da rua, assim como uma reverência, antes de tudo tomo um banho e me troco.

Como alguém já disse, mesmo que o dia tenha sido ruim e eu não tenha feito nada, pelo menos eu fiz a minha cama.

# O QUE MAIS ME FASCINA NAS MULHERES

As mulheres me mostraram a vida,
O carinho, o beijo, o amor...
As mulheres me ensinaram a viver,
A viver as alegrias da chegada e as tristezas da partida.
Com elas aprendi que a mulher não tem que ser bonita, mas atraente.
Aprendi que o que atrai não é o perfeito,
O que atrai não é o branco dos dentes, mas a alegria do sorriso,
O que atrai não é o esmalte das unhas, mas o carinho das mãos,
O que atrai não é a forma do corpo, mas o calor do abraço,
O que atrai não é o desenho dos lábios, mas a mágica do beijo.
Elas fizeram, a cada convivência, com que eu me tornasse uma pessoa melhor.
Mas o que mais me fascina nas mulheres
É que apesar de muitas vezes não serem reconhecidas,
Elas insistem em ser tudo isso e muito mais.

# PALAVRA QUE ACREDITO

A palavra que acredito
É o verbo que nunca foi dito.
É o gesto, gesto que não mente.
É o silêncio eloquente.

# QUERO

Quero dos teus braços meus Abraços,
Dos teus lábios os meus beijos,
Do teu corpo meu prazer, e
Dos teus olhos meu amor.

*Amor é feito de laços que unem e não de nós que sufocam.*

# A VITÓRIA DA CIÊNCIA OU NOSSO BURACO NEGRO DE CADA DIA

### Crônica

O buraco negro está no centro de todas as galáxias, mas será que é apenas lá que eles existem. Tenho certeza que não.

Não consigo explicar o desaparecimento diário das coisas mais simples que acontece em todos os lugares, mas principalmente na nossa casa. Apesar de não conseguir explicar, observei que isto é um fato incontestável.

Acredito que a única explicação esteja na física quântica, mas como não sou físico, não conseguia explicar de jeito nenhum até ler o livro O Universo numa Casca de Noz, do físico Stephen Hawking, que muito me ajudou.

Não foi uma ou duas vezes, mas milhares de vezes que coisas caem no chão e desaparecem. O curioso é que na maioria das vezes elas caem e ao invés de ficar onde caíram, elas correm para baixo de algum móvel e a única explicação que encontro é que são atraídas por pequenos buracos negros que existem em nossa casa. Se você não for atrás delas, em menos de um segundo elas desaparecem; assim deduzi que enquanto as bactérias levam três segundos para pular em cima de algo que caia, o buraco negro caseiro leva apenas um segundo para sugá-lo. O que mostra toda a sua força e poder.

A triste morte de Stephen Hawking me lembrou de sua fórmula matemática criada para calcular a energia emitida pelos buracos negros. Antigamente se pensava que os buracos negros sugavam tudo e tudo se perdia, mas Hawking provou que os buracos negros também expelem energia sugada e que esta energia não era vazia e que poderia trazer informações. Isso explica o aparecimento mais tarde desses objetos, o que pode levar alguns minutos ou muitos anos.

Se iludem aqueles que acham que isto acontece apenas quando algum objeto cai, mas muitas vezes colocamos um objeto na nossa frente e basta desviarmos o olhar por um segundo para ele desaparecer. Você fica incrédulo, sabe que acabou de colocá-lo ali, mas ele não está lá.

Quantas não foram as vezes em que procurei um objeto com faro e obstinação de um cachorro perdigueiro sem encontrá-lo; então chamo minha mulher e ela o encontra bem na minha frente.

No início achei que as mulheres, para provar que os homens não podiam viver sem elas, escondiam as coisas para depois fingir que encontravam. Quero aqui pedir desculpas às mulheres, é que a verdade é menos vil e mais científica.

Após 66 anos de pesquisa, ficou claro que os buracos negros perdem o poder de expelir energia e, por conseguinte, objetos, quando na presença de testosterona, e agindo de forma inversa quando estão na presença do estrogênio.

E temos aqui mais uma vitória da ciência.

# VOTOS DE AMOR

Eu te prometo,
Ouvir atento teu canto
Seja de alegria ou de pranto.
Alerta escutar teu pensamento
Seja de prazer ou de lamento.

Eu te prometo,
Os teus limites e medos entender
E pela mão te levar a compreender
Que a vida tem muito mais para se saber
E que só nós sabemos que tinha de ser.

Eu te prometo,
A cada perigo em teu socorro correr,
Sem que precises o meu nome dizer
E nem por um momento te esquecer,
A menos que queira de saudades sofrer.

Eu te prometo,
Em meus braços te acalentar,
Em meu ombro te aninhar,
Teus sonhos com carinho velar,
E meu rosto risonho quando acordar.

Eu te prometo,
A cada momento te cuidar,
A cada hora me entregar,
A cada dia te conquistar,
E por toda vida te amar.

# "O MEU ENCANTO, MINHA SEDUÇÃO"

## Crônica

Sinceramente não sei qual é o meu encanto ou minha sedução, afinal são os outros que podem ser atraídos por elas e não eu. Posso dizer que gosto da minha insistência em sobreviver continuando a ser eu, minha incessante busca pela coerência e minha eterna tentativa em acordar sendo alguém melhor do que eu era. Gosto do meu ouvir com empatia, do meu olhar com emoção e sobretudo do meu acolher como das águas em que mergulhas.

Se isto te seduz ou te assusta, cabe a você dizer.

O que faço, não o faço para te seduzir, mas porque assim eu sou.

Às vezes me vejo como Narciso, pois o que faço, faço para seduzir a mim e não a você. Parto do princípio de que se eu não gostar de mim, quem irá gostar?

Sei bem o que encanta e me seduz, não gosto das coisas exageradas e pontuais. Não gosto da gargalhada efêmera, mas sorriso constante, do brilho no olhar, da gentileza em cada falar. Gozo com as noites loucas de prazer, mas me apaixono pelo beijo diário de bom dia. Me seduz a coragem de enfrentar as adversidades sem jamais perder a humanidade.

O que gosto das mulheres não é a sua beleza, pois penso que mulheres não têm que ser bonitas, mas atraentes. Já vi lindos quadros, estátuas e paisagens, mas nunca me envolvi emocionalmente que nenhum deles, não é a beleza que me seduz.

O que me seduz é o carinho das mãos, o calor do corpo e a mágica do beijo. O que me seduz é a imagem que vejo além do espelho e, se Narciso for, o que me seduzirá será o que me vejo em você.

Talvez seja este meu encanto e minha sedução.

# VAGA VIDA VAGA

Vaga vida.
Uma vaga para viver.
Uma vida para vagar.

Vida que vaga
Em uma onda sem fim,
Vaga dentro de mim.

**Muitas coisas você pode fazer
para evitar encontrar seu destino,
Mas nada poderá fazer
para evitar que seu destino encontre você.**

# TEMPO

Fui assaltado pelo tempo que me pegou de surpresa e,
Quando não estava olhando,
Começou a me envelhecer fazendo com que a cabeça começasse a esquecer coisas.
E, como sempre nestas horas,
Não há ninguém para te defender.
Só não fui às autoridades prestar queixa contra o tempo
Porque ainda não sei se ele é vilão ou salvação.

*A sabedoria é filha da inteligência com o conhecimento que foi educada pela experiência.*

# SEM ADEUS

Só quem parte se despede.
Parte, mas deixa no adeus
Saudade que não se mede
E amores que foram seus.

Não parte quem adeus não diz
Se desfaz sem nada contar.
Nem pensar em voltar, não quis.
Pois só quem partiu pode voltar.

# UM DOMINGO IRADO NO PARQUE

Crônica

Hoje acordei muito feliz, pois minha filha veio passar uma semana de férias comigo e me convidou para ir ao Parque, em Fortaleza, (CE) chamado Beach Park, onde existem vários brinquedos aquáticos.

Logo me lembrei quando levei meus filhos pequenos a Disney, foi muito bom brincar com eles em todos os brinquedos, especialmente uma xícara na qual entrávamos e que girava lentamente ao som de Small World.

Acho que só percebi que ela tinha crescido quando após entrar no parque eu perguntei em que brinquedo iríamos primeiro, ao que ela prontamente respondeu: Insano. Desculpe, minha filha, não entendi, qual é mesmo o nome do brinquedo, e ela respondeu como que falando ao velho e carcomido pai já meio surdo pela velhice: IN-SA-NO. Não tenho certeza, mas acho que ela, para não deixar dúvidas, também usou Libras.

Aquele IN-SA-NO não soou muito bem, mas me deixou com uma leve impressão de que não seria muito parecido com as xícaras girando ao som de Small World. A impressão se transformou em certeza quando, ao passar pela piscina onde chegavam os sobreviventes do IN-SA-NO, vi a cara dos pais esperando seus filhos. Os olhos menos abertos tinham pelo menos 10 centímetros de dilatação, e era de um japonês. A cara de assustados dos pais que só estavam esperando os filhos me deixou à beira de uma crise de pânico.

Mas, até então, certo do amor da minha filha, continuei e começamos a subir as escadas. Em média subíamos 10 metros a cada 15 minutos porque a fila era grande. Surge então um novo problema, pois se fosse só chegar e pular seria com certeza bem mais fácil, mas levando 15 minutos a cada 10 metros, você tem muito tempo para pensar, e pasmem vocês, nenhum pensamento bom passa por sua cabeça quando você, depois de uma hora atinge a altura de 41 metros.

Neste momento, você, pai, que apesar de tudo ainda acredita no amor da sua filha, pergunta quantas voltas o brinquedo dá até chegar ao nível do mar e ela, já demonstrando todo o ódio que tem pelo pai, diz: NE-NHU-MA, É UMA QUE-DA DI-RE-TA. Você desliza cinco metros para frente descendo suavemente um metro e depois entra em uma queda vertical de 40 metros.

Gente, está provado que o cérebro só está totalmente formado após os 40 anos, pois só alguém com o cérebro em formação pode ficar uma hora na fila para ir em um brinquedo chamado IN-SA-NO que é uma queda vertical de 40 metros. Notei que na fila com mais de quarenta anos só dois pais, que como eu foram iludidos, e um outro que, juro, os filhos estavam armados empurrando-o.

Em memória dos dias em que me amou, minha filha, ao notar minha cara de pânico total, começou a me explicar as leis da física que impediam que meu corpo se espatifasse no chão ao lado da piscina. Foi então que eu percebi minha sábia decisão de ter feito economia. O pior é que ainda escuto que economista não tem coração, como não? Quando a bolsa cai mais de 10% o pregão é interrompido. Não permitimos nada cair 40 metros.

E finalmente chegou a minha vez; como não tinha mais perna para descer 41 metros pela escada e estava desgostoso da vida ao sentir o ódio de minha filha, fui em frente.

Como foi? Não sei, só saí do estado de choque hoje, três dias depois de descer no IN-SA-NO, mas minha filha falou que foi irado.

# ACOSTUMEI

Me acostumei a ir sem partir,
Ao acordar sem despertar,
Ao sofrer sem chorar,
Ao caminhar sem chegar.
A tudo me acostumei.

Me acostumei ao desamor,
às palavras sem sentido,
ao gesto com temor,
ao abraço comedido.
A tudo me acostumei.

Me acostumei a apatia,
A me entregar sem me dar,
À falta de energia,
À amar sem gozar.
A tudo me acostumei.

Me acostumei a boca calar,
A resignar sem reclamar,
A me sujeitar sem cobrar,
A sofrer sem incomodar.
A tudo me acostumei.

Me acostumei a me acostumar
sem nunca revidar
E tanto me acostumar
Me acostumei a ver a vida passar.

# SER VELHO

Gosto muito de ser velho, sim. V-E-L-H-O.

Infelizmente, para algumas pessoas, velho é uma ofensa, um palavrão...

Entendo que seja assim para alguns jovens, afinal, para estes, o que lhes sobra de energia lhes falta de sabedoria.

Mas me assusta como essa cultura estigmatizante chegou ao próprio velho. Hoje inventamos toda a forma de eufemismo para não dizer a palavra velho, tais como: "somos jovens há mais tempo", "melhor idade", "clássico", "vintage"...

Nós criamos uma conotação negativa para velho e depois ficamos tentando maquiar a velhice com eufemismos. As incoerências do ser humano.

Envelhecer com saúde é ótimo principalmente se você pensar na alternativa de não envelhecer, mas aqui entre nós, sem saúde nem a juventude é boa.

Ser velho não é totalmente ruim e ser jovem não é totalmente bom.

Como em tudo na vida existem partes boas e partes ruins.

Não quero ter uma cabeça jovem.

Não quero ter um corpo de um velho de 80 anos, com uma cabeça de um jovem de 20 anos,

Isto para mim poderia ser chamado de complexo de Peter Pan, como bem escreveu sobre o Dr. Dan Kiley em seu livro "A Síndrome de Peter Pan", a síndrome do homem que nunca cresce.

Adoraria, sim, ter um corpo de 20 anos e uma cabeça de 80 anos, mas como diz o dito popular, "Deus não dá asa a cobra".

O corpo é uma máquina e, como qualquer máquina, se desgasta com o tempo.

Como no início da vida usamos mais o corpo que a mente, assim este se desgasta primeiro e notei que só depois dos 45 anos é que o processo se inverte e começamos a usar mais a mente que o corpo. Claro, existem exceções. Por isso que quando o corpo já sofre com o desgaste, a mente ainda está bem, afinal ela quase não foi usada. Se não acreditam em mim e passaram dos 45, lembrem-se de todas as coisas que fizeram... Sei que provei meu ponto.

Gosto de ter vivido minha cota de alegria

Que não seria tão alegre se não tivesse tido minha cota de tristeza.

Gosto de ter visto as belezas criadas pela natureza

Que não teriam o mesmo impacto sem que eu visse os horrores criados pelos homens.

Muitos ao iniciar uma jornada só pensam de onde sair e onde chegar, se esquecendo que o prazer não está na saída nem na chegada, mas no trajeto.

Entre o nascer e morrer está essa coisa que chamamos vida.

Não importa se está próximo do início ou próximo do fim, vida é vida e o que torna tudo ainda mais interessante é que não sabemos com certeza quando estamos perto do fim.

Gosto de ter vivido o que vivi e continuo vivendo.

Pois, de uma maneira ou de outra, foi o que forjou e continua forjando minha identidade.

# PARTE III
MEU LIVRO ENTRE POESIAS

# MEU LIVRO

Passo os meus dias a te ler sem vírgula nem ponto,
Curioso e entretido como se fosse um conto,
Na ânsia de te conhecer por inteiro e pronto.

Quero conhecer tuas páginas como minha palma,
E as páginas com momentos de agonia e calma,
Irão me aprisionar na busca por tua alma.

Não creio que eu te invadir me faça prepotente,
Pois conseguir te ler como leio não é acidente.
Quero apenas, ao lado, meu livro sempre presente.

# BARCOS E PORTOS

Nasci barco.
Navegar eu preciso,
pois amar também preciso.

Quando navego só
por mares que me envolvem,
é do porto que sinto saudades.

Quando navego só
por mares revoltos,
é no porto que quero chegar.

Barcos e portos se atraem.
Em um, sonhos de paz,
em outro, sonhos de aventura.

Já disse Pessoa que
barcos estão seguros no porto,
mas foram feitos para navegar.

Volto então ao mar, navegar eu preciso.
Sigo rumo ao oceano para o qual nasci,
navegando por mares que nunca vi.

Em cada mar, um porto.
Em cada porto, um aconchego,
um carinho, uma paz e amor fugaz.
Porto, seu amor vive na terra.

Meu amor vive no mar,
é barco comigo a navegar.

# AINDA NÃO SEI

Ainda não sei se te amo,
desculpa, mas ainda não sei.

Talvez eu ame teu jeito de me amar
ou talvez eu apenas ame te desejar.
Às vezes acho que amo o sonho de te amar,
outras vezes acho que apenas amo o amar,
mas ainda não sei.

Talvez eu ame o carinho de que você é capaz
ou talvez eu ame a falta que você me faz.
Às vezes acho que amo nossas noites de prazer,
outras vezes amo, cansada, no meu ombro eu te ter.
Mas ainda não sei.

Talvez eu ame o quanto que juntos rimos,
ou talvez ame os planos que construímos.
Às vezes acho que amo o quanto que temos em comum,
outras vezes acho que amo a certeza de que somos um,
mas ainda não sei.

Não, ainda não sei se te amo,
mas é por teu amor que eu clamo.
Desculpa, mas ainda não sei o quanto te amo.

# DEIXA-ME FALAR DE AMOR

Deixa-me falar de amor
Quero falar de amor são,
Não de uma louca paixão
Que explode como vulcão
Machucando o coração.

Deixa-me falar de amor
De um amor que transcende
Ao interesse não pende
Que escuta e compreende
Envolve, acolhe e prende.

Deixa-me falar de amor
Falar do amor pausado.
Que é compromissado,
Racional, analisado
Com propósito pensado.

Deixa-me falar de amor
Sei que amores eu vivi,
A amores me entreguei,
Mas só agora percebi
Que não foi o que recebi.

Faltava algo, não sei o quê?
Em todas haviam um se,
Mas só agora se vê.
Elas não eram você.

# BRINCANDO COM ELA

Pela tabela, lá vai ela,
Que bela, singela,
Mas cheia de mazela.

Tagarela,
Não quer tutela,
Muito menos uma cela.

Linda donzela,
Se te pego numa ruela,
Te como a cabidela.

Sem preocupação, Magrela,
Será sem sequela.
Minha seriguela.

E na passarela,
Te mordo a costela.
Mordida que te descabela.

Depois acendo uma vela,
Dou uma lambidela
E continuarás bela.

## AMOR DESARRUMADO

Minha casa desarrumada esconde você;
Minha cama desarrumada esconde você;
Minha vida desarrumada esconde você;
Mas meu amor desarrumado revela você.

*Viver não é fazer do convencimento uma ciência,
é mais praticar convivência com muita paciência.*

# MEU VERBO AMAR

Tu és meu amor, meu verbo amar.
Posso te conjugar no passado,
Pois já eras meu amor muito antes de ser.

Posso te conjugar no futuro,
Pois sempre serás meu amor
E quanto a isto não existem dúvidas.

Ah, meu amor imperfeito,
E, no entanto, tão perfeito,
Mais que perfeito.

Mas o melhor é te conjugar no presente,
Pois és o meu amar presente,
O amor sempre presente.
E do destino, tu és meu presente.

# QUER UMA CARONA

Quer uma carona para todos os lugares?
Passaremos por atalhos, estradas e mares.
Quer uma carona para todos os vales?
Passaremos por lágrimas, tristezas e males.
Quer uma carona para um arco íris e suas cores?
Passaremos por risos, alegrias e muitos amores.
Quer uma carona para uma vida de amor e razão?
Passaremos pelo carinho, cuidado e compreensão.
Quer uma carona não importando localidade nenhuma?
Garanto que ao chegar lá,
você não mais será apenas uma.

# VIVER A GRANDE PAIXÃO

Para quem quer viver a grande paixão,
Há que esquecer de toda solidão,
Há que se entregar só, sem compaixão.

Para quem quer viver o grande amor,
Há que esquecer de toda sua dor,
Há que se entregar sem nenhum pudor.

Para quem quer morrer de tanto amar,
Há que esquecer viver, no seu beijar,
Há que se entregar ao prazer e gozar.

# EMOCIONALMENTE CORRETO

O hábito do sim
Pode talvez te trazer um não.
Quem sabe assim
Você aprenda que o coração
Não é o meio nem fim,
É só inspiração.

## A LOUCURA DA FELICIDADE COM MEDO

Onde não há risco, não há medo,
O medo é inerente ao risco,
Do contrário não há risco.
A própria vida é um risco,
Viver é um constante perder e ganhar,
Sem risco não há ganho, só perda.
É preciso coragem para ser feliz,
É preciso coragem para viver.
Portanto não dá para ser feliz sem medo.

# CAMINHAR

Minha vida está no meu caminhar.
Um passo de cada vez.
Às vezes rápido, às vezes lento,
Às vezes caio, às vezes salto.

A idade me impõe,
Seja pelo físico
Ou pela experiência
Um caminhar mais lento
Que permite aproveitar melhor
O que o caminho me oferece,
Mas em um caminhar constante.

E os caminhos?
Bem, aprendi desde cedo
que todos os caminhos levam ao mesmo lugar.
Minha vida não é o início e nem o fim deste caminhar,
Minha vida é o próprio caminhar.

# TUDO NA VIDA

Nada na vida é para sempre,
Começando pela própria vida.
No entanto, quando uma relação termina,
Ao invés de celebrar o que foi,
Preferimos lamentar o que poderia ter sido.

*Tempos de Excesso*
*Tempos de Paixão*
*Tempos sem Razão*

# A SERENA IDADE DA ALMA

É preciso tempo para viver.
E viver pode deixar a alma sábia.
A sabedoria deixa serena a alma.
A alma só fica serena com a idade.
E só assim se pode alcançar a serenidade.

# AMOR DE MENINO

Te amo pelo direito e avesso,
Como só pode um menino travesso
Que jamais teve tom e nem mesmo tino.
Só porque te amar é o meu destino.

# POR QUÊ?

Tentei entender
Tentei responder
Tentei esquecer
Tentei me perder

E de tanto tentar
Sem entender
Sem responder
Não consegui esquecer
Só me perder.

# CHAMA

Eu te chamo,
pois és chama que chama,
que clama e reclama.

## NA SOLIDÃO DA NOITE

Quando tua saudade toma o meu ser,
Angustiado eu vago a me perder.
Sem destino eu arrasto pela rua,
Toda a saudade e minh'alma nua.

Quando tua saudade toma o meu ser,
Na solidão da noite sigo sem temer.
Triste fico por você noite sem lua,
Pois a saudade, amiga, é só tua.

# NOSSO AMOR

Eu amo teu amor,
amo amar teu amor.
Amo meu amor,
amo amar meu amor,
mas acima de tudo amo você
que é a razão de tanto amor.

# BOA NOITE

Deita tua cabeça no travesseiro do meu amor
E se cobre com os lençóis dos meus braços.
Deixa a noite chegar com o fechar de teus olhos,
Enquanto velo e navego teus sonhos para encontrar os meus.

*Amar é como tudo que é feito com amor*
*pois amar é como amar,*
*o resto é só supor.*

# PENSE EM MIM

Pense em mim
De vez em quando,
Pode ser assim
Quando andando.

Pense em mim
De vez em quando,
Também pode ser assim
Quando preguiçando.

Pense em mim
De vez em quando,
Não tem que dizer sim
Pode ser mesmo negando.

Pense em mim
De vez em quando,
Tem que ser sorrindo sim
Mas pode ser também chorando.

Pense em mim,
De vez em quando,
Pode ser ousado assim
Quando estiver amando.

Mas pense em mim,
De vez em quando,
De quando em quando,

Desde que seja só em mim,
Sempre de vez em quando.

# O QUE LI EM MIM E NO OUTRO

O que pude ler no outro foi a humanidade de cada um, seus medos, seus sonhos, suas carências, seus desejos. Teve momentos que li necessidade de amar, ser amado e até de se amar, em outros li que elegeram a paisagem de uma janela, muitas vezes fechando as cortinas de todas as outras janelas e às vezes fechando a cortina do espelho onde está a principal paisagem. Admirei e me inspirei na coragem de cada um que li para também me abrir.

Escrevi e li em mim o que já sabia, a novidade foi deixar outros me lerem. Escrevi minha alma sem medo, embora falasse dos meus medos, falei das minhas tristezas, das minhas preocupações e brinquei. Brinquei muito e a criança em mim agradece ao outro o amor de que ela sempre foi carente. Nada apagaria, pois, cada palavra lida e escrita em voz alta, escrever esse livro foi uma entrega, foi uma libertação.

Publicar... Vivi toda uma vida fechado em mim mesmo, abrindo o superficial falando de mim em personagens e sempre fugindo com uma piada da incerteza da rejeição. Dostoievsky disse que é na gaiola onde moram as certezas e a ausência de certezas é o espaço vazio da liberdade. Ainda não superei o medo de me abrir, de mostrar quem eu realmente sou, mas você, que me lê nesse momento, me fez dar o primeiro passo para fora da gaiola.

Percebi que buscamos uma sociedade de Sherlock Holmes ou de videntes. Queremos ser vistos como somos e embora deixemos algumas pistas, quase nunca mostramos quem nós realmente somos.

Entendi que se não nos abrirmos e deixarmos o sol e a chuva entrar, nós nunca iremos brilhar.

# APRESENTAÇÃO DO AUTOR E SEUS CONTATOS

Ricardo Falcão nasceu no Rio de Janeiro e se formou em Economia cursando a PUC/RJ e depois a faculdade Bennett/RJ. Começou a trabalhar com projetos sociais no Rio de Janeiro, como voluntário em um projeto de cidadania para as populações rurais de 1969 a 1971. Após concluir a faculdade de Economia, foi trabalhar como analista para o Chase Manhattan Bank, dando início à sua extensa experiência em análise de projetos.

Posteriormente foi morar fora do Brasil e, retornando, voltou ao Terceiro Setor. Foi convidado pelo PNUD — Programa das Nações Unidas para o Desenvolvimento — para criar, coordenar e gerenciar a UAP — Unidade de Administração de Projetos, que iria administrar todos os projetos do PNUD com o Brasil. Após cinco anos de trabalho no PNUD, recebeu um convite do governo americano para ser Senior Program Officcer da USAID. No total foi analista para agências financiadoras internacionais por 11 anos.

Ricardo é professor de Elaboração de Projetos e sua Captação de Recursos no MBE (Master of Business Economics) de Responsabilidade Social e Terceiro Setor, do Instituto de Economia/Lares da Universidade Federal do Rio de Janeiro.

Autor do Livro: *A Elaboração de Projetos e sua Captação de Recursos.*

**ATIVIDADES**
Ministra cursos e consultorias nas áreas de planejamento estratégico, gerenciamento, indicadores, elaboração de projetos e captação de recursos;
Facilitador de escrita terapêutica;
Palestras

**CONTATO**
E-mail: rifalcao@gmail.com